Conan le barbare

Première partie

Erika Sanders

Titre
Conan le Barbare:
Première Partie
Pour
Erika Sanders

Série
Conan le barbare Vol. 1 al 4

Image de couverture: @ katalinks, 2023

Première édition: 2023

Synopsis

Rencontrez les femmes dans la vie de Conan comme on ne vous l'a jamais dit auparavant ...

Après de nouvelles aventures et de nouveaux triomphes, Conan et son groupe retournent dans la ville où se trouve maintenant leur maison, Tarantia.

Le retour leur fera-t-il rater les aventures? Ou sera-ce mieux que prévu?

Cette publication contient les volumes 1 à 4:

1 - Conan

2 - Zula

3 - Cassandra

4 - Valeria

Nouvelle série basée sur les personnages des œuvres de Robert E. Howard.

Remarque sur l'auteure:

Erika Sanders est une écrivaine internationale bien connue qui signe ses écrits les plus érotiques, loin de sa prose habituelle, avec son nom de jeune fille.

Índice:

CONAN LE BARBARE PREMIÈRE PARTIE POUR ERIKA SANDERS

CHAPITRE I
CONAN

Le soleil brillait sur la ville de Tarantia alors que le petit groupe contournait le sommet de la colline.

Les tours blanches, les dômes de cuivre et les minarets brillaient au soleil, les accueillant après leur long voyage.

Les dernières semaines avaient été passionnantes, dangereuses car elles avaient exploré les catacombes perdues à la recherche d'un trésor, repoussant les monstres et les mauvais esprits pour leur prix.

En fait, ce sont les pièces qui portent désormais leurs sacs à dos.

Conan regarda ses collègues, ses camarades fidèles dans les batailles qu'ils avaient affrontées, et bien d'autres avant.

Lady Yasimina était la dirigeante du groupe, malgré ses origines étrangères.

Née dans l'aristocratie quelque part dans le sud, au-delà du fleuve Styx, elle ne ressemblait en rien aux nobles de Tarantia ou des villes voisines.

Ses cheveux blonds jusqu'aux épaules étaient libres dans l'air lorsqu'elle avait enlevé son casque, et ses lèvres pâles formaient un sourire en voyant la ville devant elle.

Cela pourrait être un étranger, mais Tarantia était également devenue un foyer pour elle ces dernières années.

Avec la poussière du voyage et la chaleur des batailles passées, seule son allure royale marquait maintenant sa noble ascendance, mais une fois qu'ils étaient déjà revenus, il ne faisait aucun doute qu'elle serait en mesure de se déplacer à nouveau parmi la noblesse avec sa connaissance de l'étiquette requise, ce qui fait de quelqu'un l'idéal comme porte-parole du groupe.

Bien plus qu'un barbare comme Conan.

Contrairement à Lady Yasimina qui était musclée et lourdement blindée, à côté de Conan se trouvait Valeria, elle était une sorcière elfe, armée seulement d'un poignard rentré dans sa ceinture.

Elle portait des vêtements de voyage maintenant, bien sûr, mais demain, il était sûr qu'elle serait vêtue de vêtements riches qui complèteraient sa beauté.

Aussi pâle et blonde que Yasimina, ses cheveux étaient longs, actuellement attachés en une longue queue de cheval pour révéler les points hauts de ses oreilles.

Il avait vécu dans les forêts des îles du sud pendant une grande partie de sa vie, ce qui expliquait peut-être son étrange expression à l'approche de la ville.

Mais il semblait, pensa Conan, calme et détendu.

Peut-être pour elle, en tant qu'elfe, ce n'était que la fin d'un autre voyage, une pause entre les voyages, plutôt qu'un vrai retour à la maison.

Zula, la troisième des femmes, semblait la plus heureuse.

La petite elfe s'assit en avant sur la selle du poney, les yeux fixés sur la ville devant elle.

Il avait déjà essayé de se préparer avant l'arrivée, se dépoussiérant de ses vêtements, et même maintenant, il redressa sa robe rougeâtre et passa une main dans ses courts cheveux bruns.

Il semblait anticiper le retour aux sources plus que les autres, et Conan pensait que cela semblait souvent être le cas.

Elle savait que les elfes étaient des amoureux de la famille et de la maison, et bien que Zula n'ait pas de parents vivants qu'il connaissait, peut-être, pour elle, c'était sa maison, l'endroit où elle se sentait le plus à l'aise.

Elle était certainement originaire de la ville, comme lui.

Comme d'habitude, le Snagg était le plus difficile à lire.

Le nain était taciturne, comme tous ses proches, et son visage ne montrait plus aucune émotion maintenant.

Son armure était lourde et battue, car il avait subi le plus fort des combats au cours des dernières semaines, et il aurait été blessé ou pire, n'eut été de la magie curative de Yasimina.

Les yeux sombres sous les sourcils épais restaient fixés sur le chemin à parcourir, absorbés par toutes les pensées que les nains se maintenaient souvent.

Conan se retourna et regarda Tarantia.

Maintenant c'était sa maison, où elle avait grandi et appris ce qu'elle était maintenant, bien avant de rencontrer les autres.

Je n'avais aucun doute que j'étais heureux de revenir.

Avant longtemps, il le savait, ils seraient à nouveau à l'affût de l'aventure et il appréciait ces moments.

Mais la ville avait de nombreux plaisirs qui lui ont été refusés en cours de route.

C'était un endroit civilisé, un endroit semblable à un sanctuaire.

Dans les prochains jours, il y aura beaucoup de choses à faire.

Il a dû fréquenter la Warrior School et retrouver ses amis et collègues et continuer sa formation.

Et aussi, faites ses méditations dans la chapelle du temple, où, juste là, il a prié la divinité la plus proche de son cœur: Muriela, la déesse de l'amour.

Mais surtout, il aurait le temps de se détendre, de profiter des bains publics, de la bonne bouffe et du bon vin, de bavarder sur les marchés et, si Muriela était d'accord, de trouver de la compagnie pour la nuit.

***

La villa était située près du côté ouest de la ville, non loin du mur.

C'était un grand bâtiment, d'abord acheté puis rénové, avec l'argent qu'ils avaient gagné grâce à leurs aventures.

Conan et Zula avaient insisté là-dessus; Ils vivaient dans des auberges pendant leur absence, mais ils voulaient un endroit où retourner, une base d'opérations qu'ils pourraient vraiment appeler la leur.

Il a fallu un certain temps pour restaurer le bâtiment dans son état actuel, car il était assez délabré lors de son achat.

Mais le résultat valait bien le temps et les dépenses.

Le bâtiment central avait deux étages, avec, comme beaucoup d'autres dans la ville, un large toit plat où ils pouvaient se retrouver en été.

De chaque côté se trouvaient deux ailes, dont l'une contenait les écuries.

Et entre les ailes se trouvait une large cour, isolée du reste de la ville.

Pour les aventuriers, avoir au moins un certain niveau de défense est venu naturellement, même s'ils étaient en sécurité comme ils devraient l'être sur Tarantia.

Yakin ferma les portes lorsque le dernier des chevaux entra dans la cour.

C'était un jeune homme, compétent dans son métier d'administrateur, mais ce n'était pas un aventurier.

Ils l'avaient embauché il y a un an, réalisant que quelqu'un devait garder la maison pendant leur absence dans le désert.

"Ont-ils bien fait?" il a demandé, "Je vois qu'aucun de vous n'est blessé, merci les dieux!"

Conan sourit, mit pied à terre et frappa le jeune homme dans le dos.

"Oui, nous avons bien fait. Nous devons apporter ce trésor au coffre-fort et ensuite nous nettoyer. Nous allons avoir besoin seulement d'un déjeuner léger; prenons le temps de vous apporter quelques fournitures fraîches."

Il regarda les autres autour de lui.

Ils avaient également mis pied à terre de leurs chevaux et poneys, s'étirant les jambes après le voyage.

Yasimina et Valeria se sont joints à lui pour saluer Yakin, mais le Snagg a simplement hoché la tête dans sa direction, sans rien dire.

Zula semblait occupée avec les sacs à dos sur son cheval, jetant seulement de temps en temps des regards dans sa direction.

Peut-être qu'elle pensait que quelque chose s'était déchaîné ...

Conan repoussa cette pensée de son esprit.

«Nous allons tout vous dire, cet après-midi même,» dit Yasimina, «mais avant tout, j'ai hâte de prendre un bain et des vêtements propres. Et, le soir, un bon repas, est-ce que ça pourrait être? Est-ce que tout sera prêt? ? "

"Oui, ma dame," répondit Yakin, "et rien d'important ne s'est produit pendant son absence, je suis heureux de dire que tout est comme il l'a laissé."

"Eh bien, tu vois," dit Conan, "ce soir, je pense que j'aimerais aller dans une taverne. Dépenser un peu de cet argent durement gagné, et rappelez-vous ce que c'est que d'être de retour en ville! Y a-t-il quelqu'un avec moi?" "

Snagg hocha la tête, grognant son assentiment, mais les femmes protestèrent.

"Non, je pense qu'un peu de paix et de tranquillité m'attire plus aujourd'hui" répondit Valeria. "Je vais rester ici ce soir."

"Tout comme je le ferai", a répondu Yasimina, qui a ensuite regardé le dernier membre du groupe, qui ne les avait pas encore rejoints, "Et vous, Zula?"

"Oh ..." dit la petite elfe, comme si elle était un peu surprise, "non, non, je pense que je vais rester ici aussi. Je, euh, je pense que je vais me coucher tôt, en fait. Je me sens assez fatiguée après tout ce temps en camping dans des tentes. "

Conan hocha la tête. Il serait peut-être bon de passer une nuit avec une autre entreprise pendant un certain temps, ayant voyagé avec les autres pendant si longtemps.

"Juste toi et moi, alors, Snagg", dit-il, ajoutant: "Nous essaierons de ne pas être trop bruyants à notre retour. Mais d'abord, nous avons un après-midi devant nous... et un jeune homme à divertir. Avec nos histoires d'aventures. , Hein? "

***

L'auberge La Coupe d'Or était pleine, comme d'habitude à cette heure de la nuit.

Bien que l'endroit louait des chambres, c'était à la fois une taverne et une auberge, alors quand les ombres ont commencé à s'allonger à l'extérieur, beaucoup de bonnes gens de Tarantia sont venus prendre un verre avant de rentrer chez eux.

Cependant, la clientèle était généralement respectable, il y avait donc peu de chances de se battre ou, autrement, que quelque chose de désagréable se produise, comme c'était souvent le cas dans les tavernes d'autres parties de la ville dans des zones moins que recommandées.

C'est pourquoi Conan l'aimait, et aussi parce que les visiteurs moyennement riches de l'extérieur de la ville y séjournaient souvent, c'était donc aussi un bon endroit pour trouver du travail.

Mais ce n'était pas la raison pour laquelle lui et Snagg étaient venus ici ce soir.

Ils avaient eu pas mal de travail jusqu'à présent.

Il voulait se détendre et s'amuser, au moins pour une nuit.

Il a trouvé une table libre, et ils se sont tous les deux assis et ont commandé un verre.

La serveuse, qui n'a pas pu s'empêcher de remarquer, était jolie.

Elle était dans la vingtaine, avec des cheveux bouclés jusqu'aux épaules couleur sable doré, des yeux bruns et un sourire accueillant.

Sa chemise blanche à manches courtes était décolletée et révélait un large décolleté.

Et sa peau, d'après ce que je pouvais voir, était belle et légèrement bronzée.

"Vous êtes nouveau," dit-il, souriant alors qu'elle s'approchait avec un plateau de boissons, "comment vous appelez-vous?"

"Livia," dit-il simplement, lui offrant un sourire plein de belles dents blanches.

Ce faisant, il remarqua que ses yeux se déplaçaient sur lui, absorbant ses cheveux noirs, sa barbe courte, et ce à quoi il s'attendait était un corps athlétique et raisonnablement mince, en raison du travail qui le poussait souvent à faire de l'exercice.

Son regard planait légèrement sur ses oreilles, légèrement pointu, et montrant son héritage demi-elfe.

"Je travaille ici depuis quelques semaines, mais je ne l'ai jamais vu auparavant. Vient-il souvent?"

Il posa quelques cruches sur la table, jetant un bref coup d'œil au Snagg, puis, ne voyant apparemment rien d'intéressant, se retourna vers Conan.

"Je m'appelle Conan," répondit-il, "et je vis en fait à proximité. Mais Snagg et moi avons été absents ces derniers temps, hors d'ici."

"Un aventurier?" dit-elle, semblant impressionnée, "ou un marchand, peut-être?"

"Tout d'abord, et j'ose dire que je pourrais avoir beaucoup d'histoires intéressantes à vous raconter, si vous avez le temps."

Snagg leva légèrement les yeux vers le commentaire.

Bien sûr, pour un nain, même c'était un peu trop jeté.

"Plus tard, peut-être," dit Livia, "il y aura d'autres clients."

Un autre sourire rapide, et elle a disparu dans la foule.

"Eh bien mon ami", a déclaré Conan, se tournant vers son collègue aventurier et levant sa tasse "Pour nos récentes victoires!"

Et à mesure que la nuit avançait, ils ont échangé des histoires de leurs récentes aventures, et un petit groupe a commencé à se rassembler autour de la table.

De certains, Conan savait que c'étaient des contacts et des amis qui fréquentaient également cette taverne, mais d'autres étaient des gens qu'il reconnaissait vaguement, au mieux.

Le Snagg est devenu plus volage en buvant plus de bière, mais le guerrier n'a vu aucune raison de l'arrêter.

Il parlait plus de combats et d'escapades imminentes que de richesse et de trésors, et à quoi bon être un aventurier si vous ne pouviez pas vous vanter un peu?

De plus, son attention était souvent ailleurs.

Lorsque Snagg s'est lancé dans une histoire sur la lutte contre les morts-vivants de l'ombre, Conan a regardé Livia.

Il avait remarqué qu'il avait prêté attention aux histoires, et ses yeux étaient plus sur lui que sur le nain, peu importe qui parlait.

En ce moment, cependant, elle se penchait pour chercher une cruche derrière le bar.

Sa jupe verte tombait à mi-mollet, elle pouvait donc voir peu de ses jambes, mais son cul était bien rond.

Elle l'a imaginé sans sa jupe, comment il se sentirait dans ses mains en coupe ...

"Et donc...?"

"Hmm?" Il se tourna vers le Snagg, conscient qu'il avait détourné le regard et avait perdu le fil de la conversation.

«Dites-leur ce que vous avez fait ensuite», incita-t-il au nain, «après que la fiole de Yasimina soit tombée dans le puits.

Il obéit, remontant dans l'histoire et oubliant momentanément Livia.

Mais elle est apparue de l'autre côté de la table, essuyant une tache sur son chemin.

Elle se pencha comme elle le faisait, très délibérément, pensa-t-il, donnant une vue claire et dégagée sur le haut de sa chemise et sur les monticules de ses seins dépassant au-dessus de son décolleté.

Il s'éclaircit la gorge, "retour à toi ..." dit-il au Snagg.

Livia lui montra à nouveau ce sourire, glissant autour de la table jusqu'à ce qu'il soit à côté d'elle, plaçant sa belle cuisse contre sa main.

Cela ne pouvait pas être un accident, alors il glissa subrepticement la main, sentant la forme de son corps à travers le tissu épais de sa jupe, serrant légèrement les fesses.

Elle ne dit rien, et tout le monde regardait Snagg à ce moment.

Il la regarda, et elle leva les yeux vers le plafond, vers les chambres de l'auberge, et lui fit un clin d'œil.

Il hocha la tête en silence, puis elle partit, de retour vers le bar et un autre groupe de clients.

***

Conan arpenta la pièce sombre.

La plus grande lune se levait vers l'extérieur, jetant sa lumière argentée sur la ville, et une partie de celle-ci se répandait à travers la petite fenêtre.

L'après-midi était terminé et le Snagg était parti, retournant seul à la villa.

Il semblait résigné à cela, pas particulièrement surpris, mais ni approuvé.

Les nains, après tout, n'adoraient pas Muriela.

Conan s'était déjà déshabillé jusqu'à la taille et avait retiré ses sandales, ses vêtements maintenant pliés sur une chaise dans le coin.

La chambre ne contenait qu'un lit et une petite table.

Ce n'était pas l'une des plus belles chambres du poso, mais cela n'avait pas vraiment d'importance.

Il n'y avait pas de miroir, mais le guerrier redressait quand même ses cheveux, essayant de paraître sous son meilleur jour.

Il pouvait entendre qu'il se nettoyait en bas, maintenant que les derniers invités étaient rentrés chez eux ou à l'étage.

On frappa silencieusement à la porte, et il s'approcha rapidement pour l'ouvrir.

Livia était encadrée dans l'embrasure de la porte, tenant une bougie sur une petite assiette dans une main.

La lueur des bougies éclairait son visage et sa poitrine, ses cheveux bouclés projetant des ombres, ses lèvres légèrement entrouvertes et invitantes.

«Je commençais à penser que tu ne viendrais pas,» dit-il en plaisantant, mais l'attente n'avait pas été trop longue.

«Je n'avais pas eu de chance», dit-elle, montrant à nouveau ce sourire.

Elle entra rapidement dans la pièce, fermant fermement la porte derrière elle et plaçant la bougie sur la table.

Conan se déplaça pour l'éteindre, mais elle attrapa sa main, la tenant dans la sienne.

Sa peau était douce, chaude.

"Laisse ça," murmura Livia, ses yeux errant sur sa poitrine nue et sur le haut de son corps.

Soudain, elle prit sa tête de sa main libre et l'attira vers elle, l'embrassant passionnément.

Le baiser s'attarda, leurs lèvres serrées l'une contre l'autre.

Conan passa ses bras autour d'elle, les rapprochant, écrasant ses seins voluptueux contre sa poitrine, séparés uniquement par le tissu de coton de sa chemise.

Ses bras s'enroulèrent autour de lui, ses mains explorant son dos, envoyant un picotement d'anticipation dans sa colonne vertébrale.

Ils s'arrêtèrent, prirent une profonde inspiration et se regardèrent dans les yeux, puis s'embrassèrent à nouveau, leurs langues entrelacées.

Elle se retira enfin et il la regarda de nouveau, admirant la façon dont sa poitrine se soulevait.

Il tendit la main et enleva la chemise blanche, glissant ses mains sur ses côtés, puis la souleva au-dessus de sa tête alors qu'elle levait les bras.

Elle sourit à nouveau, prononçant la simple phrase, "Est-ce que je te regarde bien?"

C'était une question qui n'avait vraiment pas besoin de réponse; elle était magnifique.

Au lieu de répondre, il prit ses seins entre ses mains, passant ses doigts sur sa peau.

Ses tétons étaient gros et roses, ils étaient déjà durs et brusques quand il se caressait avec ses pouces.

Il l'attira à nouveau vers lui, et ils s'embrassèrent alors qu'il passait ses mains dans ses cheveux, traçant les contours de son cou.

Il la porta doucement vers le lit, l'embrassant alternativement et touchant ses seins.

Livia soupira en s'allongeant sur le dos et il monta sur le lit à côté d'elle.

Il embrassa son menton, puis son cou, jusqu'à sa clavicule.

Elle s'arrêta un moment, admirant la forme de ses seins, puis pencha sa tête vers l'un d'eux, frottant son téton avec sa langue.

Elle marmonna quelque chose d'inaudible mais joyeux, et il continua, suçant doucement et passant sa langue sur la peau sensible.

Il massa sa poitrine libre, puis changea de posture.

Cela avait bon goût, alors que ses propres mains descendaient le long de son bras, sur son épaule, sentant son corps stable.

Il leva les yeux et leurs yeux se rencontrèrent à nouveau.

"Mmm ... n'arrête pas", dit-elle.

Au lieu de répondre, il l'embrassa à la base de son sternum puis descendit son ventre.

Il réfléchit à nouveau sur la douceur de sa peau et la forme de son corps, bien formé, mais sans muscles durs.

Elle tendit la main vers la jupe, glissant hors du lit pour se positionner entre ses jambes.

Il passa la jupe et la culotte en coton sur ses hanches, les faisant glisser sur ses jambes pour les placer sur le sol.

Livia a enlevé ses chaussures et s'est tenue nue et impuissante devant lui.

Nue, ses jambes étaient aussi belles qu'il l'avait imaginé dans la taverne.

Il passa ses mains sur ses cuisses, les remontant lentement et embrassa ses hanches, juste à côté du tas de poils pubiens.

Ses jambes étaient écartées et il soufflait doucement entre elles, la chaleur de son souffle lui causant, alors qu'elle regardait, à la lueur des bougies, une goutte d'humidité briller entre elles.

"Oh oui," soupira Livia, "oui s'il te plait ..."

Elle passa sa langue sur la fissure, puis écarta ses lèvres, sondant la chair chaude et douillette de sa chatte.

Livia haleta de plaisir, ses hanches se tordant avec luxure contre les draps.

Conan posa ses mains sur ses fesses et continua à sucer et lécher, jetant sa langue contre son clitoris.

Livia gémissait doucement maintenant.

Il se pencha pour caresser ses cheveux, courant le long du contour pointu de son oreille gauche.

Il leva les yeux, regardant ces merveilleux seins monter et descendre alors que sa respiration devenait plus lourde, plus lourde.

Il retourna à sa tâche, enfonçant maintenant un de ses doigts dans sa chatte alors qu'il continuait à la lécher.

Tout en jouant avec son clitoris, elle gémit, bougeant légèrement sous lui, alors elle recommença, transformant ses gémissements en halètements passionnés.

Il se leva, admirant une fois de plus la beauté de la fille devant lui.

Livia se cala sur ses coudes, la sueur coulait maintenant sur son visage et colla une mèche de cheveux sur son front.

Son regard parcourut son corps, alors qu'il s'asseyait à nouveau sur le lit à côté d'elle.

"Vous avez apprécié, n'est-ce pas ?"

Il la taquina, recevant un baiser en réponse.

Il tendit la main pour caresser à nouveau l'un de ses seins, alors que sa main glissait sur son côté.

Elle tira sur sa ceinture, relâcha avec difficulté le cordon, puis les glissa sur ses cuisses.

Il ôta sa culotte, et sa main tendit la main vers son sexe, caressant sur toute sa longueur, et passant son doigt le long de la pointe, frôlant le cocon.

Il embrassa à nouveau son sein le plus proche, suçant le mamelon, le léchant, tandis que sa propre main caressait son érection.

Il s'émerveilla de nouveau de la douceur de son toucher, qui ne semblait le conduire qu'à une plus grande extase.

Elle frotta sa bite contre les cheveux mouillés de son vagin, et il leva les yeux vers son regard implorant.

Tournant sa jambe, il grimpa sur elle, son poids pressé contre ses seins.

Elle le guida vers l'intérieur alors qu'il s'enfonçait profondément dans sa chatte douillette.

"Oh dieux," murmura-t-elle, passant un bras derrière son cou et saisissant ses fesses de l'autre main alors qu'elle continuait à se balancer d'avant en arrière.

Ils haletaient maintenant, le plaisir jaillissant en lui alors qu'il poussait encore et encore à l'intérieur de son corps.

Ils s'embrassèrent alors qu'il massait l'un de ses seins et elle passa un doigt autour du contour de son oreille.

Il s'arrêta un instant, ne voulant pas que l'événement se termine trop tôt.

Ses yeux bruns étaient vivants, brillants à la lueur des bougies, et son sourire était toujours aussi contagieux et invitant.

Il recommença à bouger, sentant ses hanches se resserrer contre lui, sa main agrippant ses fesses plus serrées maintenant, ses seins moites, alors qu'il continuait à danser ses tétons roses et gonflés.

Livia a crié quand il est venu, s'agrippant à elle alors que son propre orgasme secouait son corps.

Même Conan ne s'attendait pas à ce que sa première nuit de retour de l'aventure soit si agréable ...

CHAPITRE II
ZULA

Zula ferma la porte de sa chambre derrière elle et s'appuya contre la porte pendant un moment, soudainement nerveuse.

Il s'était excusé de la conversation nocturne une fois que Yakin était parti pour terminer son propre travail de nuit.

Elle avait revendiqué la lassitude, mais la vérité était bien différente.

Il sortit la boule de cristal magique de son sac et la tint dans sa main, la regardant, le cœur battant.

Lorsqu'il l'a trouvée, enterrée dans la poubelle près du fond d'une chambre souterraine, il avait initialement prévu de la remettre aux autres, comme n'importe quelle partie du butin au trésor du groupe.

Mais c'était avant qu'elle ne réalise à quel point ce serait utile, et exactement ce qu'elle pourrait en faire ... seulement si les autres ne savaient pas qu'elle l'avait.

Il se sentait coupable de l'avoir fait, surtout quand il considérait quel était son véritable mobile.

Peut-être qu'il aurait dû leur dire, puis réclamer cela comme sa part du butin.

C'était tellement plus facile s'ils ne savaient pas ... mais quand même, ce serait extrêmement embarrassant s'ils le découvraient maintenant.

Mais c'était trop tard pour ça.

Il avait la boule de cristal dans sa main et il ne servait à rien de la prendre s'il n'avait pas l'intention de l'utiliser.

Ce serait la pire des deux possibilités.

Respirant pour se calmer, elle fit glisser le loquet à l'intérieur de la porte, la ferma et se dirigea vers son lit.

Il ôta sa veste, la mit de côté, s'assit sur le lit et ôta également ses bottes.

En tant que gobelin, elle adorait les équipements et le lit était déjà accueillant.

Elle s'allongea sur les couvertures, sentant son tissu doux avec ses orteils nus, et posant sa tête profondément sur l'oreiller.

Puis, se sentant déjà un peu plus détendue, elle étendit le petit orbe magique devant elle.

Elle savait comment allumer les choses, bien sûr, l'ayant vu le faire une fois auparavant, il y a plusieurs années.

C'étaient des appareils utiles, mais rares, et ce n'était que sa chance qui lui permettait de se glisser entre ses mains.

Il fixa le ballon, lui donnant vie, puis le pressa doucement contre un œil fermé.

Le verre commença à briller et un disque de lumière nébuleux apparut devant elle.

Il ouvrit la main et le ballon commença à se lever, laissant le ballon derrière, toujours fixé devant son visage.

Il pouvait voir des formes se former à l'intérieur du disque: une image de sa pièce sombre vue du point de vue de la boule de cristal, pas de ses propres yeux.

Un œil magique, en fait, pensa-t-il.

Maintenant, tout ce qu'il avait à faire était de penser à où il voulait que cela aille, et espérer que personne ne le voyait.

C'était si petit que personne ne le ferait sûrement, tant qu'elle faisait attention.

Maintenant, elle pouvait regarder où elle voulait, sans que personne ne le sache ... et il y avait un endroit en particulier qu'elle voulait certainement regarder.

Il souhaitait que l'œil flotterait par la fenêtre ouverte et descendrait au rez-de-chaussée, où il se glissait par une autre ouverture.

L'espace était trop étroit pour qu'une personne puisse y entrer, à cause de la grille métallique sur la fenêtre, mais pas pour quelque chose d'aussi petit que cet œil.

Il tourna les yeux vers la pièce principale, où il avait laissé les autres, et la laissa suspendue juste au-dessus de la porte, dans l'ombre près du plafond.

La maison n'était éclairée que par quelques torches ici et là, laissant de nombreuses taches d'obscurité.

À travers la porte, il pouvait voir Yasmina et Valeria, qui semblaient déjà se retirer, décidant apparemment qu'il n'y avait rien de plus à faire ce soir, à moins qu'ils ne voulaient attendre Conan et Snagg.

Attendant le bon moment, il garda son œil là où il était, jusqu'à ce qu'ils montent les escaliers, puis le déplaça lentement dans le couloir, vers l'une des portes arrière.

La vue magique de l'endroit était extraordinaire, presque comme si elle se tenait là elle-même, ou plutôt flottant dans les airs, juste sous le plafond.

Les détails étaient aussi nets que sa propre vision, et avec presque le même champ de vision.

Mais c'était bien qu'elle se trouve dans une pièce sombre, car les ombres sur le disque devant elle auraient tout assombri si elle-même se tenait dans la lumière.

Presque immédiatement après être entré dans le couloir arrière, il a vu sa cible: Yakin.

Yakin était, bien sûr, humain, et il y a eu la tragédie.

C'était un beau garçon, de quelques années plus jeune qu'elle, mais assez vieux pour être son type, et assez mature pour l'intéresser.

Cela aurait été un bon gobelin, avec son apparence, ses cheveux châtain clair et son nez droit.

Mais ce n'était pas le cas, ce qui signifiait qu'il y aurait toujours un gouffre entre eux.

Les humains se mêlaient souvent aux elfes: Conan en était la preuve vivante, mais jamais avec des gobelins.

La différence de taille était un obstacle trop important à ses perceptions et, si elle était honnête, aussi à la plupart des elfes.

Elle mesurait trois pieds deux pouces, parfaitement raisonnable pour une femme gnomique, mais contre un humain comme Yakin ... eh bien, si elle devait être honnête, le problème était ce qu'il y avait dans son entrejambe, ce serait trop gros pour elle.

C'était dommage, vraiment.

Si seulement il y avait un moyen de le réduire à sa taille, afin qu'il puisse la prendre comme une femme normale.

Ce n'était pas qu'elle ressemblait à une fille d'une autre manière; ses seins et ses hanches la rendaient aussi belle que n'importe quelle femme humaine.

Les nains étaient différents, avec leur corpulence épaisse et leurs membres rabougris; même si un humain avait la taille d'un nain, il serait peu probable, pensa-t-il, d'en trouver un attrayant.

Et si elle était naine, elle ne verrait probablement rien à Yakin.

Mais il ne l'était pas, et la vérité était qu'il était un beau jeune homme, toujours attentionné et serviable.

Combien de fois s'était-elle allongée dans ce même lit, pensant à lui ?

Combien de fois avait-il imaginé son visage ces derniers jours, attendant qu'elle puisse être à nouveau près de lui ?

Combien de fois avait-elle fantasmé sur lui, l'imaginant en quelque sorte réduit à sa taille, et ce qu'ils pourraient faire ensemble s'il l'était ?

Mais elle ne voulait pas faire ça ce soir; elle voulait juste le regarder, sachant que s'il savait ce qu'elle ressentait, les choses deviendraient désespérément gênantes.

Parce qu'il était humain et qu'il ne pouvait jamais rendre la pareille à ses sentiments, à ses souhaits.

Elle s'allongea donc sur le lit, le regardant fermer les volets et éteindre les torches, préparant la villa pour la nuit.

Elle se rendit compte que, les volets fermés, elle allait devoir redescendre après qu'il se soit couché et ouvrir la fenêtre pour laisser son œil retourner dans sa chambre.

Mais pour le moment, j'étais content de le voir.

Au bout d'un moment, apparemment satisfait de ses devoirs pendant la nuit, Yakin se fraya un chemin à travers une porte latérale.

Zula se rendit immédiatement compte que ce n'était pas le chemin de ses appartements.

En fait, réalisa-t-elle, son cœur sursauta presque à cette pensée, c'était la porte de la salle de bain!

La ville de Tarantia a été construite sur des sources chaudes, une partie de la raison de son existence.

La villa, comme beaucoup d'autres dans toute la ville, avait sa propre salle de bain, remplie d'eau naturellement chaude.

Elle l'avait utilisé elle-même auparavant pour enlever la saleté et la poussière du voyage, son premier vrai bain depuis plus d'un mois.

Inconsciemment, oubliant sa résolution d'un instant auparavant, il déplaça sa main gauche vers sa poitrine, la caressant à travers le tissu rougeâtre de sa robe.

Ses tétons se durcirent au toucher.

Yakin y allait-il simplement pour réparer quelque chose, ou ...?

Elle passa son œil à travers la porte derrière lui, le projetant vers le plafond.

Yakin se retourna brusquement, regarda derrière lui, puis sortit par la porte.

Avais-je vu l'œil?

L'avait-il déplacé trop vite?

Zula était paralysée maintenant, n'osant pas bouger, comme s'il pouvait la voir d'une manière ou d'une autre, et non une boule de cristal flottante.

Mais le jeune humain secoua la tête, ne voyant apparemment rien, et retourna dans la pièce, fermant la porte derrière lui.

Il avait été proche, mais il semblait qu'elle avait réussi à garder son œil hors de vue.

Maintenant, cependant, elle n'osait pas le déplacer de sa place actuelle près du plafond, loin des deux lampes qui éclairaient la pièce.

Elle ne pouvait pas risquer qu'il se méfie à nouveau.

Yakin sortit l'une des serviettes et la plaça près de la salle de bain.

Elle se rendit compte qu'il allait vraiment prendre un bain, et son plan original disparut complètement de ses pensées.

Elle voulait juste le voir travailler, jusqu'à ce qu'il éteigne les lampes et plonge la maison dans l'obscurité, mais maintenant c'était différent.

Il se frotta à nouveau la poitrine avec sa main gauche, froissant le tissu sur lui, ressentant l'excitation alors qu'il glissait son autre main pour se poser à l'intérieur de sa cuisse, sentant le cuir souple de ses sangles pressé contre sa chair.

Elle respira, soupira d'anticipation, ses yeux s'écarquillèrent.

Yakin ôta sa robe et se pencha pour déboutonner ses chaussures.

Malgré tout ce qu'il avait essayé, il ne l'avait jamais vu auparavant dans un état de nudité partielle.

Il réalisa qu'il ne savait même pas vraiment à quoi ressemblait un homme nu.

À quoi ressembleraient les gobelins ?

À en juger par ce qu'il avait vu jusqu'à présent, il n'y avait aucune différence.

Yakin était moyennement bien bâti, sa peau claire était impeccable et lisse, une légère couche de poils sur le haut de sa poitrine, mais très peu.

Son physique était comme elle l'avait toujours imaginé, mince, mais pas trop musclé, son ventre plat.

Elle baissa les yeux sur sa taille, alors qu'elle commençait à fouiller dans les lacets qui retenaient sa propre tenue.

Et puis Yakin s'est retourné.

Ce n'était pas son dos qu'elle voulait voir, mais maintenant il lui tournait le dos, plaçant soigneusement ses chaussures et sa robe sur le banc devant lui.

Elle n'osa pas bouger les yeux pour mieux le voir, et se contenta de le fixer, incapable de faire quoi que ce soit à sa situation.

D'un mouvement fluide, Yakin enleva ses longs bas, puis abaissa le short en coton en dessous.

Ses fesses étaient fermes, galbées, le type qu'elle aimait.

Mais elle voulait en voir plus.

Pourquoi a-t-il fallu si longtemps?

Avec un grognement de frustration, il baissa sa main gauche, ouvrit sa tunique, tendit la main, puis pinça son téton nu.

Les nœuds des lacets se détachèrent, et elle glissa son autre main dans sa culotte, passant ses doigts dans ses poils pubiens et jusqu'à la fente entre ses jambes.

Sa chatte lui faisait mal de désir, mais elle se força à s'arrêter, se demandant silencieusement.

Dois-je vraiment le faire?

Oui.

Il le voulait certainement.

Yakin se tourna vers la salle de bain, debout devant lui, complètement nu, avec tout d'intéressant en vue.

À ce moment, il réalisa qu'il n'avait même pas pensé à laquelle des deux possibilités il voulait vraiment être vraie.

Avait-il espéré que, malgré la grande taille de l'humain à d'autres égards, son pénis était de la taille d'un gobelin, lui donnant de l'espoir, bien que lointain, espérant qu'un jour il pourrait choisir de le placer entre ses cuisses?

Ou avait-il secrètement espéré, dans un coin sombre de son esprit, que les humains seraient proportionnés comme des gobelins dans tous les sens, rendant sa bite aussi grosse et puissante que le reste de lui?

Maintenant, il était très clair que la dernière possibilité était la vraie.

Elle n'avait jamais vu d'humain nu auparavant, mais elle avait vu des gobelins nus et, dans toutes ses proportions, Yakin en avait certainement l'air.

Quelle était la taille de votre pénis, surtout quand il était complètement en érection?

Maintenant, il n'était pas en érection et cela semblait énorme, quelle serait sa taille en pleine érection?

Dans quelle mesure cela avait-il anéanti ses espoirs de le posséder?

Pour le moment, elle s'en fichait.

Avec sa main gauche caressant sa poitrine, elle a mis un doigt entre les lèvres de sa chatte.

Il était très humide, chaud, endolori par son toucher.

Elle avait besoin de se libérer et elle avait bientôt besoin de lui.

Son doigt caressa son clitoris, et elle étouffa un gémissement alors qu'elle éprouvait une soudaine poussée de plaisir.

Elle en avait tellement besoin que ça lui faisait mal.

Oui, elle s'était masturbée plusieurs fois avant en pensant à Yakin, mais ça n'avait jamais été comme ça.

L'image de lui nu devant la salle de bain était une image qu'elle garderait sûrement dans son esprit pour toujours.

Cela lui parut une éternité, mais cela ne pouvait guère tarder à se glisser dans les eaux chaudes du bain.

À la recherche du savon parfumé et de la pierre ponce qu'elle avait elle-même utilisé cette nuit-là.

Les eaux étaient propres et claires, lui permettant une vue sur tout son corps, déformé par les vagues, mais plus que suffisant pour alimenter ses fantasmes.

Elle glissa son doigt dans et hors de sa chatte, trouvant un rythme, sentant l'humidité glissante de son sexe.

Puis, regardant à nouveau l'objet de son affection, il fit quelque chose qu'il n'avait jamais fait auparavant, et il poussa un deuxième doigt.

Il commença à pomper, à frapper plus fort, son souffle frappant, tirant sur son mamelon avec son autre main, le tordant entre son index et son pouce.

Elle voulait tellement Yakin, mais c'était tout ce qu'elle pouvait faire pour avoir l'impression qu'il pénétrait dans son lit.

Ses doigts travaillaient dur, alors qu'il les forçait plus profondément, imaginant cette énorme bite complètement dressée, se dirigeant vers sa chatte impatiente.

Imaginer ces fesses fermes qui martèlent en elle avec une vigueur croissante.

Il enfonça un troisième doigt dans sa passion lubrique, la trouvant serrée, presque douloureuse.

"Je pourrais te baiser, je sais que je pourrais ..." haleta-t-elle, réalisant soudain qu'elle avait parlé à voix haute.

Puis son orgasme la frappa, et elle se cambra sur le lit, son petit corps convulsant alors que des vagues d'orgasmes s'abattaient sur elle, étourdissant sa férocité, l'aveuglant même la vue de l'homme nu dans le disque de lumière devant elle

CHAPITRE III
CASSANDRA

Les bottes en cuir à semelles souples faisaient peu de bruit alors que la silhouette sombre à capuche marchait dans une rue sombre.

Les maisons voisines étaient grandes, certaines des plus cossues de Tarantia, beaucoup d'entre elles éclairées par la lumière d'une lanterne de l'intérieur à cette heure de la nuit.

Même s'il n'y avait pas eu l'obscurité à l'extérieur, peu de choses auraient été visibles des traits de la silhouette, enveloppée sous la longue cape à capuche.

La silhouette regarda autour d'elle pour s'assurer que personne ne regardait, mais la rue était déserte.

Il se dirigea vers la porte arrière de l'une des maisons et frappa légèrement.

Après une longue pause, la porte s'ouvrit légèrement et un visage humain apparut.

Apparemment satisfait de l'identité du visiteur, l'homme a ouvert la porte plus largement et la silhouette a disparu à l'intérieur.

La pièce intérieure était sombre, éclairée uniquement par le lustre tenu par le domestique.

Cassandra enleva la capuche de sa cape, révélant un visage joli mais sérieux avec une peau pâle et des cheveux bruns jusqu'aux épaules.

Cependant, son ascendance était immédiatement apparente, tout comme, peut-être, sa raison de se cacher.

Juste en dessous de ses cheveux se trouvaient les pointes de deux petites cornes noires, et ses yeux brillaient à la chandelle comme deux grenats foncés, une teinte rougeâtre définitivement contre nature.

«J'informerai Votre Seigneurie de votre présence,» dit l'homme, apparemment sans réagir d'aucune façon à son apparence révélatrice, «et veuillez attendre ici.

Cela dit, il partit, prenant la bougie et plongeant la pièce dans une obscurité quasi totale.

Cela importait peu à Cassandra, même si elle n'avait aucune idée si l'homme l'avait réalisé ou non.

Elle était une demi-dieu, son sang taché des ténèbres de l'enfer lui-même.

La plupart de ses ancêtres étaient humains, bien sûr, mais l'une de ses arrière-grands-mères s'était engagée dans une nuit de débauche effrénée avec un démon, aboutissant à son arrière-grand-père.

Il ne savait pas ou ne se souciait pas des détails précis, et encore moins de la façon dont sa lignée touchée par l'enfer s'était répandue pendant des générations, mais la tache infernale sur son sang lui donnait certains avantages sur des humains plus banals.

L'une d'elles était la grande capacité de voir dans le noir qui aurait même remis en question la vision d'un chat.

Il s'agissait, a-t-il conclu, d'une salle d'attente pour les visiteurs qui ne savaient pas que le propriétaire de la maison voulait que les autres voient à leur arrivée.

Les commerçants pour la plupart, probablement, mais aussi ceux comme elle.

La chambre avait peu de décoration et une seule fenêtre, qui était bien fermée.

Voici quelques chaises, toutes deux fonctionnelles, mais pas assez chères pour vraiment s'adapter à la maison.

La seule touche de personnalité était dans le couloir au-delà, debout sur un petit piédestal.

C'était une statuette en bronze représentant un satyre avec un phallus incroyablement grand, occupé à baiser une petite nymphe.

La bouche de la nymphe était ouverte, hurlante, mais la statuette était trop ambiguë pour dire si le sculpteur avait voulu que ce soit pour le plaisir ou la douleur.

Ce qui était, soupçonnait-elle, tout à fait délibéré.

Quoi qu'il en soit, cela semblait étrange d'avoir dans le couloir.

L'homme revint, après une attente qu'il comptait sûrement remettre à sa place, mais pas assez pour être vraiment gênant.

«Sa seigneurie vous verra maintenant», dit-il, et lui fit signe de le suivre.

Il ouvrit le chemin à travers un couloir qui, à part le piédestal et sa silhouette, ressemblait étroitement à celui de n'importe quelle autre maison chère et opulente.

Il se demanda si la statue de bronze avait été placée là pour son propre bénéfice et, si oui, quel serait le message qui était censé avoir.

Peut-être qu'il essayait juste de la contrarier, mais si c'était le cas, il avait échoué.

Il en faudrait plus pour surprendre un demi-dieu.

Enfin, ils arrivèrent à une double porte en bois sculptée d'un bas-relief abstrait, que l'homme ouvrit pour indiquer une pièce plus lumineuse au-delà.

Il lui fit signe d'entrer, puis une fois qu'il le fit, il s'inclina silencieusement devant l'occupant de la pièce avant de reculer et de fermer la porte.

Sa louange était clairement un pervers.

Les tapisseries étaient accrochées à trois des quatre murs de la pièce, cachant toutes les autres portes ou fenêtres qui pourraient l'être.

Le seul mur nu était celui qui contenait la porte par laquelle ils venaient d'entrer, et qui contenait des lanternes lumineuses avec des lustres qui éclairaient la pièce.

De plus, il y avait deux chaises et une petite table, contenant ce qui semblait être une bouteille de vin et un verre.

S'il devait s'asseoir sur la chaise vide, la table serait hors de sa portée, mais surtout, seuls les trois murs de tapisserie seraient visibles.

Et que la figurine dans le couloir soit ou non destinée à la mettre mal à l'aise, les tapisseries le faisaient sûrement.

Chacune montrait un jardin de nuit, plein de corps nus impliqués dans des actes sexuels graphiques et explicites.

Ils allaient du passionné au bizarre et même brutal.

En plus des humains et des elfes, les hommes-bêtes et les demi-dieux semblaient figurer en bonne place, et beaucoup de couples étaient du même sexe.

Rien de tout cela n'avait rien à voir avec la raison pour laquelle elle avait été invitée ici, et son esprit a commencé à formuler des tactiques d'évasion, juste par précaution.

Lady Gedren était assise dans la plus grande des deux chaises, qui ressemblait à des trônes, et rembourrée de tissu rouge.

«Bonsoir,» dit-elle, sa voix douce comme de la soie, «asseyez-vous.

Cassandra avait déjà fait ses devoirs, avant de venir, sur la femme devant elle.

Lady Taramis Gedren était rarement vue dans les cercles sociaux de la noblesse locale, et pour une bonne raison: elle était une elfe noire.

Autant que Cassandra pouvait le déterminer, elle avait été exclue de sa propre société pour une raison quelconque, et s'était établie ici, renforçant sa fortune avec un travail mercantile et magique.

Le titre de «dame» n'était qu'une simple affectation, un vestige de son éducation super exclusive.

Il s'assit dans la chaise vide, face à l'elfe noir.

Sur l'épaule gauche de sa seigneurie se trouvait une représentation d'une femme elfe s'étouffant avec la bite raide d'un minotaure, et de l'autre, une image d'un homme enchaîné à un arbre pendant qu'un elfe noir le sodomisait.

À en juger par la propre posture de l'être humain, c'était apparemment quelque chose qu'il appréciait vraiment, malgré les chaînes.

Cassandra ignora les deux images, gardant les yeux fermement fixés sur la femme en face d'elle.

«J'ai entendu dire que vous êtes bon,» a dit sa seigneurie.

Le demi-dieu ne dit rien: dans les circonstances, la phrase était assez ambiguë.

«En obtenant des choses à l'insu de leur propriétaire», ajouta l'elfe noir après un bref silence, «en entrant dans des locaux où d'autres préféreraient ne pas être profanés. Est-ce vrai?

"Oui," répondit Cassandra, une simple déclaration de fait.

Gedren le savait déjà, sinon elle ne serait pas là.

L'elfe noir acquiesça, gardant son expression hautaine.

Sa robe, si on pouvait l'appeler ainsi, était faite d'un tissu violet foncé, mais Cassandra soupçonnait que son créateur ne pouvait pas être un simple tailleur ordinaire.

La partie supérieure se composait de deux morceaux de tissu violet foncé indéfini, étirés sur les seins de Gedren, reliés par une broche en or avec un seul rubis à son large décolleté, et également pourvus de bandes de tissu noir autour de son dos et sur ses épaules. .

Elle portait également une cape d'une fine matière noire soyeuse, formant un tour de cou autour de son cou, mais elle la repoussa pour mieux afficher l'ensemble sensuel et érotique du reste de son corps.

Des bracelets en argent décoraient ses bras nus, tandis que des morceaux de rembourrage noir recouvraient ses bras, en forme d'armure, mais clairement décoratifs plutôt que pratiques.

Sa peau était d'un noir de jais, lisse et impeccable.

Son ventre était nu, mince et sinueux, décoré uniquement par une chaîne en filigrane d'or juste en dessous de son nombril, tenant un petit bijou pendentif.

En dessous se trouvait la deuxième partie de sa robe, deux larges bretelles du même tissu violet foncé enroulées entre ses jambes, atteignant le milieu de ses mollets.

Ils étaient rejoints par deux autres bandes noires, l'une s'étendant sur ses hanches nues et l'autre plus bas sur la partie supérieure de ses cuisses.

Cela ressemblait presque à une chemise, mais même ainsi, il laissait ses jambes presque nues.

"J'ai une tâche qui requiert quelqu'un de vos talents particuliers", a déclaré Lady Gedren, "il va sans dire que votre discrétion est absolument essentielle."

«Vous saurez que le silence est garanti avec mon travail», répondit le demi-dieu.

Gedren aurait déjà vérifié cela aussi.

Il fallait s'y attendre dans ce métier.

"Parfait." répondit l'elfe noir, avec un léger sourire tentant sur ses lèvres.

Ses cheveux étaient d'un blanc pur, comme de la neige, attachés en une longue queue de cheval, avec des franges lâches encadrant son visage.

Ses yeux étaient ambrés brillants, mais aussi froids que la glace.

Elle ne semblait pas être le genre de femme avec qui elle voulait croiser votre chemin, mais Cassandra avait eu affaire à beaucoup de ces types de personnes au cours de sa vie, et il y avait peu de gens qui pouvaient l'intimider maintenant.

Gedren croisa langoureusement ses jambes, montrant l'étendue noire lisse d'une cuisse nue et, probablement tout à fait intentionnellement, un éclair de sa culotte violette profonde.

Toute sa concentration, Cassandra devait l'admettre, était une nouvelle méthode pour elle.

Normalement, si quelqu'un voulait lui faire comprendre à quel point ils étaient puissants et terrifiants, ils utiliseraient la menace implicite de violence.

C'était la première fois que quelqu'un essayait de la décourager par la sexualité.

Mais elle était déterminée à ce que cela ne fonctionnerait pas mieux que toute autre approche.

Et ce n'était pas simplement par l'utilisation de décoration et de vêtements révélateurs que Gedren essayait de la mettre mal à l'aise.

Même pendant le court laps de temps qu'elle avait passé dans la pièce, les yeux de l'elfe noir avaient déjà voyagé et s'attardé sur son corps plusieurs fois.

Cassandra portait des vêtements en cuir, qui couvraient chaque pouce de sa peau sauf sa tête, mais il ne faisait aucun doute qu'elle le déshabillait mentalement.

En tant que demi-dieu, c'était une expérience inhabituelle, et il ne semblait pas que Gedren simulait son souhait.

Donc, si les tapisseries étaient un guide, leurs goûts avaient tendance à être inhabituels et variés, mais, malheureusement pour l'elfe noir, Cassandra n'avait, pour le moment, aucune intention de le faire avec une autre femme.

«Il y a des personnes qui sont récemment revenues dans cette ville», a poursuivi Lady Gedren.

"Ce sont des gens qui ont tendance à aller dans la clandestinité pour chercher de l'or et des trésors. Je suis sûr que vous connaissez le type de personnes dont je parle. Ce sont des experts et expérimentés, comme tous ceux qui ont dû survivre pendant longtemps. sur les aventures. "

Cassandra hocha la tête, mais attendit que Lady Gedren finisse ce qu'elle avait à dire.

"Et ils ont acquis quelque chose, quelque chose que j'aimerais que vous obteniez pour moi ...".

CHAPITRE IV VALERIA

Valeria monta les escaliers à l'arrière du magasin de cartographie et de cartographie.

Onna, la propriétaire du magasin, était quelqu'un qu'elle connaissait depuis longtemps.

Il leur avait souvent fourni des documents ou des cartes intéressants pour le voyage, qui les avait conduits à des aventures dramatiques dans les terres du nord.

La dernière carte de ce genre avait été particulièrement utile et elle méritait de connaître le résultat de cette aventure, alors Valeria l'a approchée peu après son retour.

Elle a frappé à la porte de la maison qu'Onna avait au-dessus du magasin, et a été récompensée peu de temps après lorsque le propriétaire a ouvert la porte.

Valeria a vu que la femme était bien habillée et portait une riche robe bleue sans manches, avec une longue jupe fendue sur le côté pour montrer une jambe mince et des bottines.

Une large ceinture cintrait sa taille, accentuant sa silhouette, et la robe elle-même avait un décolleté en forme de diamant ouvert entre ses seins avec des bretelles sur ses épaules nues, où un collier de pierres d'ambre pendait autour de son cou.

Valeria remarqua tout cela et réalisa aussitôt que ce n'étaient probablement pas les vêtements décontractés de son amie.

«Est-ce que je vous ai interrompu? Elle a demandé: "Je peux toujours revenir demain."

Onna eut l'air perplexe pendant un moment, puis se regarda, suivant les yeux de l'elfe.

"Oh, rien qui ne puisse être reporté," dit-elle en rougissant légèrement, "j'étais juste ... non, ce n'est rien. Entrez."

"Si vous êtes sûr," répondit Valeria en entrant.

Elle était déjà venue ici, mais pas très souvent.

Ils étaient généralement vus dans le magasin.

Onna a gardé les meilleurs et les plus précieux documents ici, là où ils seraient le plus en sécurité.

Ayant découvert que les clients de Valeria payaient bien pour cette information, ces documents lui avaient fourni des clients précieux, ainsi que des amis, et elle faisait partie des rares personnes qui avaient accès à son sanctuaire intérieur.

Un long canapé rembourré occupait le centre de la pièce, posé sur un riche tapis bleu et blanc devant une cheminée ornementale qui, à cette époque de l'année, restait éteinte.

Des vases anciens et des fournitures d'art décoraient la pièce, montrant la passion de la femme pour les choses du passé.

Au fond de la pièce, un bureau contenait plusieurs morceaux de parchemin, qui étaient clairement en cours d'examen par Onna.

«Je voulais vous faire savoir comment votre dernière vente s'est déroulée,» expliqua la femme elfe, «c'était très rentable pour nous.

"Oui, j'ai entendu dire que vous étiez de retour," dit Onna. "Les nouvelles vont vite. Conan et Snagg étaient à la Gold Cup il y a deux nuits seulement, et la moitié de la ville le sait déjà."

Valeria hocha la tête en souriant.

Conan n'était revenu que le lendemain matin, ce qui était presque inhabituel, et même le Snagg était rentré tard.

Nul doute qu'ils avaient passé leur temps à plaire à quiconque voulait les écouter.

«Alors tu connais l'histoire? elle a demandé, un peu déçue.

"Juste vaguement l'histoire; vous devez la terminer pour moi. Mais avant cela, j'ai d'autres affaires pour vous. J'ai rencontré un document que je pense que vous pourriez trouver assez intéressant."

"Nous n'avons pas l'intention de sortir encore", l'avertit Valeria, "mais ce n'est pas une raison pour ne pas y jeter un coup d'œil, je suis d'accord avec ça."

Si le document était utile, il serait préférable de l'acheter maintenant que de risquer de le vendre à d'autres aventuriers avant qu'ils ne puissent l'obtenir.

Il suivit Onna jusqu'au bureau et regarda avec curiosité les morceaux de parchemin devant lui.

«C'est le seul exemplaire qui existe», lui dit Onna en brandissant une gerbe de vieux parchemins. «C'est vraiment à propos de cette ville, ici. Un document ancien, tombé par hasard entre mes mains. Cela semble être l'histoire de quelques aventuriers d'autrefois. Ils ont trouvé quelque chose sous la ville, dans les sources anciennes, je pense. Regardez, il y a des cartes ici, assez grossièrement dessinées, je sais, mais elles semblent faire référence à quelque chose de dangereux. "

"Rien de suffisamment dangereux pour détruire la ville pendant un siècle ou deux, non?" L'elfe répondit en souriant.

Onna sourit en réponse, un éclair de dents blanches.

"Non, je suppose que non. Mais néanmoins, c'est intéressant, tu ne trouves pas? Et ici, donc il ne sera pas nécessaire d'aller nulle part pour enquêter. Je pense que tu trouveras peut-être gratifiant de le lire."

Valeria hocha la tête, "Je suis intéressée. Nous pourrons discuter des prix plus tard.".

"Bien sûr ... mais il y a une dernière chose. Quelque chose sur lequel j'ai besoin de votre aide, en fait. Je suis tombé sur un autre document récemment. Il n'y a aucune raison de supposer que c'est d'un intérêt particulier pour les aventuriers ... mais, eh bien, c'est dans un dialecte elfique archaïque, que j'ai du mal à traduire. Pour être honnête, je ne vais pas trop loin; il y a trop de mots inconnus pour moi. Si vous pouvez le voir, et me donner une idée de ce qui vaut la peine pour vous d'analyser plus avant ... Je pourrais peut-être vous offrir une remise sur cet autre », elle caressa légèrement la gerbe avec les cartes.

"Bien sûr, pourquoi pas? Laisse-moi jeter un œil et je verrai ce que je peux te dire."

Onna lui tendit quelques feuilles de parchemin, qui n'avaient pas l'air aussi vieux que les autres.

Oui, le dialecte était très archaïque, et devait être copié plusieurs fois, mais l'écriture était clairement elfique.

Il les passa brièvement en revue, puis étouffa un rire, mettant sa main sur sa bouche pour cacher son amusement.

"Désolé," dit-il, "ce n'est pas exactement ce que tu penses. Ce n'est pas vraiment archaïque ... juste le contraire, en tout cas. Mais non, je peux voir que beaucoup de ces mots ne sont pas ce que tu trouverais normalement dans ton travail Et le style est ... pas vraiment celui que je connais pas non plus. "

Onna fronça les sourcils, l'air confuse.

Les coins de sa bouche se contractèrent, cependant, en sympathie avec l'amusement de l'elfe, mais sans savoir de quoi il s'agissait.

"Alors qu'est-ce que c'est? N'est-ce pas précieux? Dites-moi que ce n'est pas juste une liste de courses ou quelque chose du genre!"

"Non, ce n'est pas ça," Valeria avait du mal à éviter de sourire.

Ce n'était vraiment pas la faute de son amie si elle avait découvert ça.

«Et je suppose que ça vaudra peut-être quelque chose pour le bon acheteur. C'est juste que... eh bien, je devrais peut-être te lire un peu pour que tu saches de quoi je parle.

* * *

L'odeur parfumée des roses flottait dans l'air, la lumière tachant les feuilles vertes comme le contact du soleil sur l'eau pétillante.

La jeune fille elfique attendait la bénédiction de l'explosion qui annoncerait une nouvelle aube, son cœur chantant une mélodie ancienne mais nouvelle, promesse d'un réveil fertile.

Le souffle de son amant, aussi doux que la pluie d'été sur son visage, son baiser, la promesse d'un avenir inconnu.

Le contact d'un papillon serait tout aussi doux que lorsque la jeune fille elfe apportait les gros ballons légers des seins de son amant désiré à sa langue ...

* * *

"Désolé, je ne peux pas continuer!" Dit Valeria maintenant en riant à haute voix.

"Mais je pense que vous comprenez la situation. Ceci ... c'est fondamentalement de la pornographie elfique. Et le style est probablement plus exagéré même qu'il ne semble traduit dans le langage courant. Allusions poétiques et ainsi de suite ... les gens lisent ceci, mais pas ça fait partie de ses lectures régulières, je ne pense pas. Il ne veut pas non plus me donner d'expert dans ces lectures. "

Onna, apparemment, a eu une réaction assez différente.

Elle semblait plus nerveuse qu'autre chose, les yeux écarquillés, bien que sa bouche se tordît toujours en un demi-sourire, comme si elle pouvait au moins voir le côté drôle.

Il ouvrit la bouche, comme s'il était sur le point de dire quelque chose, mais elle semblait y penser mieux.

"Oui?" Dit Valeria, avec plus de gentillesse, tout en continuant avec le sourire sur ses lèvres.

«Mais... euh... je veux dire, la jeune fille elfe dans le... euh, tu n'as pas dit 'de son amant'...» Il laissa la phrase incomplète, commençant maintenant à rougir un peu.

L'elfe réalisa immédiatement la source de confusion de son amie.

Les humains étaient un peu lents sur ces choses.

"Oui," dit-elle, paraissant un peu plus sérieuse maintenant, "l'amant de la" jeune fille elfe "est une autre femme. Sans lire plus loin, il est difficile d'être sûr, mais il ne semble y avoir aucun homme impliqué dans cette histoire particulière."

"Est-ce que ... est-ce que c'est courant?"

Les yeux d'Onna étaient toujours écarquillés, et maintenant elle serrait le côté du bureau d'une main, une vague d'émotion traversant son visage.

Elle était clairement gênée de demander plus, mais curieuse en même temps, voulant connaître la réponse.

«Parmi les elfes? Oui, ça l'est.

Une réponse directe semble la meilleure façon d'aborder le sujet.

Au moins, la femme humaine n'avait pas paniqué ni réagi négativement.

Elle méritait au moins une explication claire pour cela ... mais Valeria ne savait toujours pas où allaient les questions.

"Ecoutez, fondamentalement, les elfes sont des gens libres. Le sexe est une autre expérience, quelque chose que nous apprécions, dans le cadre de notre amour pour la nature; nous ne le lions pas à des règles et règlements stricts. Et cette liberté s'étend au sexe de notre partenaire ou mon pote, autant qu'autre chose. Et ce ne sont pas que des femmes; les hommes elfes ont souvent des relations intimes entre eux d'une manière que la plupart des hommes n'ont pas. Pour nous, tout cela fait vraiment partie de la vie. " .

"Alors ..." elle ne semblait pas sûre de savoir comment faire sortir les mots suivants.

Ses yeux bleus étaient fixés sur ceux de Valeria, et elle ravala un peu sa nervosité.

Soudain, il était assez clair pour l'elfe où tout cela allait.

Et il ne ferait pas d'objection pour le moment, si seulement Onna pouvait poser la question.

"Alors ..." continua le vendeur de cartes, "vraiment ...?"

"Feriez-vous l'amour à une autre femme?"

Elle savait qu'elle était sûre que c'était ce qu'elle voulait demander maintenant, et voulait juste voir la réaction de l'humain.

"Oui, je le ferais. Il n'y a rien de mal avec un homme ... comme je l'ai dit, nous sommes libres de nos affections. Mais, malgré cela, il n'y a rien de tel que le sentiment d'une femme; ils savent toujours où toucher. Et cela Je trouve cela vraiment divin. "

Il s'avança, donc ils n'étaient qu'à quelques centimètres l'un de l'autre, mais Onna ne bougea pas, et ses yeux n'avaient pas encore arrêté de fixer ceux de Valeria.

Il s'est léché les lèvres pour les humidifier.

Valeria regarda la langue rose de son amie glisser sur ses lèvres.

La poitrine d'Onna montait et descendait maintenant, clairement visible à travers la robe décolletée.

L'elfe se demandait maintenant si la robe, aussi attirante soit-elle, lui avait été destinée.

Onna aurait su qu'elle arrivait ... mais elle ne l'avait clairement pas anticipé; sa confusion en entendant le passage lu avait été très claire.

Peut-être qu'elle l'avait voulu quelque part au plus profond de son esprit, mais elle ne l'avait pas vraiment compris jusqu'à présent.

Maintenant que l'occasion se présentait aussi clairement que possible, j'étais confuse.

Onna prit une autre inspiration, puis, d'une voix qui tremblait presque, et était à peine audible même à cette distance rapprochée, elle demanda: «Pourriez-vous m'apprendre?

Au lieu de répondre, Valeria se pencha en avant, caressant la joue du vendeur de cartes, puis l'embrassa sur les lèvres.

Ce fut un simple contact, mais pendant un moment, Onna recula, incertaine d'elle-même.

Mais juste pour un instant, ce fut Onna qui passa à l'étape suivante, embrassant la sorcière elfe en réponse, et cette fois avec plus de confiance qu'auparavant.

Leurs lèvres s'entrouvrirent et leurs langues s'entremêlèrent alors que Valeria pressait son corps contre celui de son amie, sentant la forme de ses seins à travers ses vêtements.

Elle se pencha en arrière, scrutant le visage d'Onna, fixant ses yeux bleus, sentant le désir intérieur tacite de ses mots qu'elle avait tant de mal à articuler.

Ses cheveux sable étaient attachés en arrière, laissant son long cou nu attirant.

Valeria passa le bout de son doigt sur le menton d'Onna, la soulevant un peu, puis embrassa sa gorge et le côté de son cou, avec l'autre main autour de la taille de la femme, sentant la douce chaleur du tissu.

"Peut-être que nous devrions aller sur le canapé?" elle a suggéré.

Il y avait une chambre quelque part ici, mais l'elfe était trop anxieux pour perdre son temps à aller vers lui, et elle soupçonnait que la femme humaine l'était encore plus.

Mieux vaut ici, dans cette salle qui ne nous est pas familière tous les deux.

L'autre femme acquiesça, pensant peut-être les mêmes pensées, ou peut-être trop excitée en ce moment pour penser à autre chose.

Onna s'assit sur le canapé, tombant presque, les jambes lâches.

Valeria sourit, tendant la main pour toucher à nouveau le visage de la femme.

"Ne t'inquiète pas," dit-elle d'un ton rassurant, "ce sera amusant."

Elle s'assit à moitié sur le canapé à côté de lui, de sorte qu'ils se faisaient toujours face.

Onna s'appuya contre le dossier du canapé comme support, ses bras tendus, sa bouche entrouverte, la montée et la descente de sa poitrine plus évidentes que jamais.

Une broche argentée maintenait le tissu de sa robe sur le décolleté en forme de losange à travers lequel Valeria pouvait apercevoir une partie du décolleté de la femme.

Elle fit glisser son doigt le long de la clavicule de son partenaire, parcourut le collier de bijoux, puis décompressa habilement le fermoir, tirant les deux morceaux de tissu vers le bas et sur le côté, exposant les seins d'Onna.

La femme humaine ne bougea pas, comme si elle était figée là où elle était, à laquelle Valeria sourit de nouveau et attrapa les bretelles.

Finalement, Onna bougea ses bras, comme en transe, se soulevant un peu du fond du canapé, pour que Valeria puisse abaisser sa robe de ses épaules à sa taille.

"Tu es magnifique," dit-il honnêtement, mais la femme ne répondit pas.

Il embrassa à nouveau brièvement les lèvres et la langue d'Onna, en disant plus avec l'enthousiasme avec lequel il recevait les baisers qu'avec ce qu'il pouvait exprimer en mots.

Ses seins nus frottaient maintenant contre le tissu de la propre robe de Valeria, mais l'elfe décida de garder ses propres vêtements un peu plus longtemps.

Finissant le baiser, il regarda la poitrine d'Onna.

Les seins de la femme étaient larges, plus gros que les siens, mais pas trop doués.

Elle passa ses mains dessus, sentant la douceur de la peau et faisant durcir les mamelons roses.

Le vendeur de cartes laissa échapper un halètement à cela, un cri de plaisir s'élevant involontairement.

Valeria sourit à nouveau.

Elle savourait ça en prenant son temps.

Elle se pencha pour embrasser un sein, roula le mamelon sous sa langue et fit à nouveau haleter son amie, cette fois plus fort.

Sa passion grandissait maintenant, indéniable, mais il ne fit toujours aucun mouvement vers la femme elfe.

Valeria embrassa l'autre poitrine, bougeant sa main pour le libérer, puis se leva.

Onna parut lésée pendant une seconde, souhaitant clairement que le plaisir continue, jusqu'à ce qu'elle se rende compte que Valeria essayait de déboutonner sa robe.

Contrairement à la femme humaine, elle ne s'était pas habillée spécialement pour aujourd'hui, même si, rétrospectivement, elle aurait souhaité l'avoir fait.

Elle portait une longue robe verte, coupée à la clavicule, mais pas en dessous, avec des manches longues et un corsage jaune pâle qui mettait en valeur sa taille fine.

Ses cheveux étaient retenus sur ses oreilles pointues par des bandes vertes en haut, mais elle tomba le long du dos, atteignant presque le haut de ses fesses.

Maintenant, elle ouvrit la fermeture éclair qui maintenait la robe à l'arrière de son cou, et libéra ses bras des manches étroites, glissant la robe sur ses hanches.

Alors que son amie avait évidemment choisi de ne rien porter sous le haut de sa robe, Valeria avait toujours une combinaison sous elle, une douce soie blanche qui marquait ses belles courbes.

Il pouvait sentir l'anticipation dans les yeux d'Onna alors qu'il la regardait se déshabiller, son regard voyageant des mollets minces et des chaussures vertes douces, le long du corps recouvert de soie jusqu'à la courbe de ses petits seins.

Pour prolonger un peu plus le moment, Valeria a enlevé sa robe puis a enlevé ses chaussures une à une.

Puis elle s'agenouilla sur le tapis, sentant le tissu épais sur ses genoux nus.

Il relâcha une épaule de la combinaison, puis l'autre, poussant lentement la soie le long de son corps, jusqu'à sa taille.

Onna ne fit aucun mouvement pour la toucher, alors il leva un peu la main vers elle et l'embrassa à nouveau.

Ses seins touchaient, maintenant sans aucun tissu entre les deux, la plus petite paire de seins de l'elfe se pressant contre les plus gros humains.

Le vendeur de cartes haleta, s'éloignant du baiser, son émotion très évidente.

Valeria décida qu'elle avait attendu assez longtemps.

Elle se redressa sur ses talons et passa ses mains sur le ventre mou d'Onna, taquinant son nombril en cours de route, puis déboucla la ceinture, la mettant de côté avant de jeter la robe bleue sur les jambes de la femme, pour qu'elle s'accumule. sur tes pieds.

Onna lui a donné un coup de pied, impatiente de continuer, et maintenant vêtue uniquement de ses bottes et d'une culotte blanche.

Maintenant, Valeria abaissa la culotte de son amie, les laissant à ses pieds, mais aucune des femmes ne bougea pour enlever ses bottes.

Valeria écarta doucement les jambes de l'humain et caressa l'intérieur de sa cuisse exposée.

Onna frissonna, soudainement vulnérable, toute exposée.

"Tu veux ça?" Demanda l'elfe, connaissant déjà la réponse, mais voulant entendre les mots.

Mais Onna resta silencieuse et acquiesça silencieusement.

Elle passa à nouveau ses doigts dans le ventre de la femme, cette fois tendant la main, caressant les cheveux bouclés sur sa chatte.

Puis elle s'agenouilla et l'embrassa.

Le corps de la vendeuse de cartes se cambra et elle gémit de plaisir, le son le plus fort qu'elle ait jamais produit.

Encouragée, Valeria fit courir sa langue le long des lèvres vaginales de la femme, puis plongea sa langue profondément dans sa chatte.

Le gémissement cette fois était encore plus fort, ses cuisses convulsives, et Onna s'accroupit, passant ses doigts dans les cheveux de la femme elfe, la tenant contre son entrejambe.

Valeria continua, glissant sa langue dedans et dehors, savourant chaque goutte d'émotion humaine, taquinant son clitoris.

Ses mains caressaient les cuisses et les fesses de la femme, la soulevant dans une meilleure position de plaisir.

Onna gémissait, serrant son propre sein gauche d'une main, et saisissant la tête du mage elfe de l'autre.

Elle parla pour la première fois, criant le nom de Valeria, les hanches tremblantes.

Alors que l'elfe continuait à sonder, lécher et secouer son clitoris avec le bout de sa langue, elle put dire que le vendeur de cartes était sur le point de jouir.

Toute trace de son ancien silence avait disparu maintenant, ses gémissements de plaisir résonnant dans toute la pièce.

Elle ne pouvait pas prendre plus de temps.

Et Valeria ne voulait pas de moi aussi.

Avec un long, long gémissement frissonnant, Onna atteignit son apogée, son corps se cambrant contre le canapé, ses pieds bottés tambourinant sur le sol, ses seins se soulevant.

L'elfe se pencha en arrière, regardant la femme alors qu'elle haletait, des perles de sueur ornant maintenant son corps nu.

"C'était ... c'était ..." haleta Onna, luttant pour retrouver sa respiration normale.

"Cela," dit Valeria, "n'est pas encore fini. Je pense que vous en voulez encore plus ... et je vous le donnerai."

Il se leva, laissant la combinaison glisser le long de ses jambes jusqu'au sol.

La femme humaine avait presque l'air de se sentir coupable en le faisant, mais elle se lécha les lèvres alors qu'elle regardait l'elfe nu debout devant elle.

"Je ne sais pas si je peux ..." dit-elle, implorant. «Pas encore... tu es belle, Valeria, et je veux... mais j'ai besoin de reprendre mon souffle.

"Oh, je pense que tu es prêt," répondit-elle, se penchant pour embrasser ces lèvres une fois de plus.

Onna ferma les yeux, le baiser s'attarda, et le mouvement de son corps alors que ses seins se touchaient une fois de plus convaincu l'elfe qu'elle avait raison.

Ce qui était bien, car sa propre chatte lui faisait maintenant mal, son propre plaisir avait pris trop de temps.

Il prit la main d'Onna et la jeta sur le tapis, de sorte qu'ils étaient tous les deux couchés face à face.

Ils s'embrassèrent à nouveau, leurs corps entrelacés, leurs jambes glissant l'une contre l'autre.

Ils s'étreignirent, Onna passa les doigts d'une main dans les longs cheveux soyeux de l'elfe, puis lui caressa le dos, tandis que Valeria lui caressait les fesses.

Le baiser continua, le corps de la vendeuse de cartes frottant contre celui de Valeria et ses tétons se durcirent une fois de plus.

L'elfe la relâcha, glissant sa main vers un sein, puis frotta un doigt sur le mamelon rose.

"Tu vois?" Elle a dit: "Tu es plus que prêt à nouveau. Mais cette fois ..."

"Oh ouais," dit Onna, "je veux que ce soit pour nous deux. J'ai souvent pensé ... à quelque chose comme ça. Ce que ce serait d'être avec une autre femme, mais jamais ... je ne pensais pas avoir une chance. Maintenant oui, je ne veux pas rater ce moment. "

"Faites ce que vous voulez, sans crainte," répondit l'elfe en l'embrassant une fois de plus.

Les mains d'Onna bougèrent, glissant autour de son ventre et jusqu'aux petits seins de l'elfe.

Valeria soupira satisfait, roulant sur le dos.

Le vendeur de cartes se pencha sur elle, l'embrassant sur la clavicule, prenant un sein en coupe, le sentant contre ses mains, mais pas plus.

Pour lui remonter le moral, l'aventurière elfique passa sa propre main dans le ventre de la femme, explorant à nouveau entre ses jambes, trouvant ses lèvres humides et enflées, mais invitant au plaisir.

Onna haleta, puis se pencha pour embrasser chacun des tétons de Valeria, la langue mouillée et anxieuse.

"Oui ..." murmura-t-elle, "oh oui ..."

L'elfe a répondu en déplaçant ses doigts vers l'intérieur, pénétrant l'humidité de la chatte de la femme.

Son partenaire gémit, se tordant sur le tapis, tandis que Valeria accrocha une jambe dans la sienne.

Enfin, Onna sembla réaliser ce dont son amant avait besoin, touchant prudemment entre les jambes de l'elfe et passant un doigt entre ses cuisses.

Combien ce contact lui a coûté, cette action provocatrice!

Valeria déplaça et sortit ses propres doigts, glissant dans l'humidité de la chatte d'Onna, montrant à la femme ce qu'elle voulait elle-même.

L'humain tâtonna, son pouce glissant le long de la chatte de la femme elfe, dans la douceur de son sexe.

L'elfe gémit doucement, l'encourageant, bougeant ses propres doigts plus vite.

C'était trop pour Onna.

Elle roula sur le dos, balança ses jambes, se secoua, se démêla.

Valeria se redressa sur un coude, ses doigts continuant de pomper, quand Onna attrapa l'un de ses seins.

La femme l'implorait maintenant, haletant et hurlant de plaisir.

Valeria se tortilla, mettant son visage dans la chatte d'Onna une fois de plus.

Elle le lécha avec enthousiasme, son index glissant toujours dans et hors de l'humidité de la femme, trouvant son clitoris avec sa langue.

Onna hurla, oubliant ses propres caresses, une main agrippant la fesse de Valeria, pressant son nez contre le ventre de son amie.

L'elfe la chevaucha, une cuisse de chaque côté de son visage, léchant et suçant toujours alors que son doigt continuait à sonder.

Avec un dernier cri muet, Onna vint une seconde fois, son corps convulsant, serrant le dos de Valeria, son visage maintenant pressé contre l'une des cuisses intérieures de l'elfe.

Ses jambes sursautèrent et elle gémit alors que les longs cheveux de l'aventurière glissaient sur son côté.

"Déesse, je suis désolé," dit l'humain. "Tu es tellement bon". Elle déglutit avant de continuer, "Mais je veux tout. Maintenant, je sais ce que ça fait. Et je veux faire jouir une autre femme comme moi. J'ai juste besoin ... J'ai juste besoin de savoir comment faire les choses correctement."

«Je pense que vous savez ce que vous devez faire,» a dit Valeria, «comme si vous le faisiez à vous-même.

Il était impatient maintenant, mais essayait de ne pas le montrer.

«J'ai besoin de toi, j'ai vraiment besoin de toi maintenant. Je ne peux plus attendre.

Onna s'étira, tournant son visage vers la chatte de l'elfe.

Valeria sentit son doigt glisser dans sa chatte, elle haleta à nouveau alors que le plaisir commençait à grandir.

Elle avait besoin de libération, il avait tellement besoin d'elle maintenant.

Elle bougea ses hanches d'avant en arrière, frottant son doigt contre l'intérieur de sa chatte.

La vendeuse de cartes respirait fortement, toujours incertaine d'elle-même.

"Oui, ça va," gémit l'elfe, "ne t'arrête pas."

Onna remuait son doigt d'impatience maintenant, et Valeria frissonna d'anticipation.

La main de la femme humaine était maintenant glissante avec son sexe, alors que l'elfe embrassait l'intérieur de sa cuisse, passant le bout de sa langue sur une lèvre de son vagin.

Au contact de sa langue, la vendeuse de cartes poussa un cri étranglé, sortit son doigt et agrippa les fesses de Valeria à deux mains, la forçant à abaisser son vagin jusqu'à sa bouche.

Sa langue se glissa dans la chatte de l'elfe, glissant sans expérience, jusqu'à ce qu'elle trouve le clitoris.

"Oui, juste là!" Valeria hurla, écrasant ses hanches contre le visage de la femme.

Onna était enhardie, son habileté et sa confiance ont évidemment grandi.

C'était tout ce dont j'avais besoin, du courage.

L'elfe ne pouvait plus parler.

Elle haleta, cria le nom de son amant, tandis que le plaisir délicieux augmentait.

Elle est venue soudainement, ses cuisses saisissant presque la tête d'Onna.

C'était une explosion, sa passion réprimée relâchée dans un instant soudain, ses gémissements faisant écho à ceux de son compagnon de vie.

Des vagues de plaisir ont claqué dans son corps, aveuglément vide.

Onna savait maintenant exactement ce que ça faisait d'avoir l'orgasme d'une femme sur son visage ...

L'HISTOIRE CONTINUERA SUR: CONAN LE BARBARE DEUXIÈME PARTIE

Don't miss out!

Visit the website below and you can sign up to receive emails whenever Erika Sanders publishes a new book. There's no charge and no obligation.

https://books2read.com/r/B-A-IGGS-MHPJC

BOOKS 2 READ

Connecting independent readers to independent writers.

www.ingramcontent.com/pod-product-compliance
Lightning Source LLC
LaVergne TN
LVHW101954220826
846093LV00006B/213

* 9 7 9 8 2 2 3 7 3 0 1 2 5 *